獵海者

江中明
詩選

序　江中明詩選《獵海者》

洛夫

又是一個出土文物，數十年後挖出一看，仍是那麼熠熠生輝，他就是現任遠離詩歌之美的《蘋果日報》副總編輯兼主筆的江中明。

台灣現代詩發展史上，有兩件事令人感到不大不小的遺憾：一是瘂弦在創作力最旺盛之年停筆輟耕，似乎無再復出之日，另一位是江中明，當其初露鋒芒，創作的勢頭正在拔高之際，突然偃旗息鼓，撂挑子不幹了，而巧的是這兩位詩人都先後投向了媒體團隊，陷身於毫無詩意的方塊字油墨中，日夜與之拚搏不休，從此台灣新聞界多了兩位傑出的編輯與記者，卻少了兩位對台灣詩壇可能產生難以估量之影響的詩人。

江中明崛起於九〇年代中期，以思想早熟，史筆縱橫，意象凝練，典麗而靈動著稱。在《創世紀詩刊》當年醞釀換代，調整編輯陣容之際，他曾一度擔任過主編，和當時初初出道而頗具潛力的沈志方、侯吉諒等形成了不僅是《創世紀》，甚或是整個台灣詩壇的一股新銳力量。在他投效《聯合報》的前後時段中，一共寫了六十多首詩，其中一九八〇年寫的〈律詩〉一詩，啼聲初試，一鳴驚人，次年即獲得第一屆全國學生文學獎大專新詩組首獎。此一作品巧妙地把甜美而委婉的愛情，有機地穿插在律詩書寫的轉折和自然變化季節嬗遞之中，用語之典雅，意象之精緻，有其不可湊泊的透澈玲瓏。此詩堪稱是一位早慧詩人啟步邁向成熟的一個里程碑。

這個集子收有江中明從二十年前寫的作品中精選出的五十九首詩，我們從中不難讀出他早期獨具一格的美學追求與心靈探索：

在海上，鏈索是
鐵的淚痕
……
一把魚刀白進紅出
猛然劃開海的胸膛

——〈獵海者，一九八四〉

從這些詩句中讀出的冷雋而深沉的思想，險峻而精準的意象，都能透射出塵世難以遮掩的詩性光芒。我在百般的惋惜中，仍對江中明的復出寄以無窮的厚望。是為序。

目次

卷一

卷二

卷三

卷四

卷一

夜行

零下十度自我孤獨的腳跟冷冷地向上生長
手中的一串鑰匙也許
也許可以開啟一扇未生鏽的夜
而夜裡，裹著靈魂的
卻往往是影子
我單薄的風衣

一九七五年作

一九七八年刊於《青年世紀》

訪客

當我把入夜的情緒
旗語地
招呼向疲倦的天空
你黃昏的身影　便鴿子般
安詳地　落下來

　　落下來
冷的季節，應有小雪
來訪我清冷院庭
（然輕扣小門的竟是羞怯的雨意啊！）
曳髮如絲

佇在青石階上，腆腆地
不知如何開口問好

而我實在不該酒醉
如此便不能與你多談
摩詰的詩
但我們仍可論及李白
論及夫子前的那一段古典
呵所謂蒼蒼
是我們的髮入冬後的景象

於是你說你帶來的松枝是新謫的
三更時，枝枝焚出眼淚
熱烈的想念京城內宮闈的高深
然後我們烹煮白石
然後薪殘焰冷

你緩緩地說：
「這種貶謫，在臘月
原是常有的……」

一九七七年作，刊於《青年世紀》

旅

我們經過水湄
水長著健康的膚色
經過稻田
穗在風中櫛比微笑
經過海　以及
上升的藍

卻沒有什麼經過我們
除了千羽候鳥
和陣雨後
一點點透明的憂傷

喏，我將眠去
連同繆思和海洋和妳
在適於焚稿的
北上黃昏

一九七七年作，刊於《青年世紀》

讀張繼「楓橋夜泊」

月落烏啼霜滿天。江楓漁火對愁眠。
姑蘇城外寒山寺。夜半鐘聲到客船。

我讀著一排江楓
客從李唐來
連同滿天飛霜及江邊漁火
留我一夜未眠

留住千年
鴉兒們嘈嘈切切
在姑蘇城外談著姑蘇
說雪娘子入城時蓮步款款

輕紗曼舞在琉璃瓦上
響起許多美麗的跫音

跫音為雪
我飄泊後的憂愁是
數句押韻的新詩未了
是想以濃濃的鄉音與你交談

說我孤獨的旅程
舉杯邀來鐘聲
而寒山的寺僧都睡了
我客居的旅夢卻仍徘徊在
楓橋的天明

一九七七年作，刊於《青年世紀》

讀王維「芙蓉樓送辛漸」

寒雨連江夜入吳。平明送客楚山孤。
洛陽親友如相問。一片冰心在玉壺。

未展卷前，已依稀感覺
手中持的是
江南微雨的濕潤
展卷後一縷氤氳緩緩出軸
且畫著我
以一幅破墨

七月初七
泝江水而山，送君至芙蓉

芙蓉外千山如一幀丹青
隱隱約約　綿綿密密
一整張
都在描繪這一場離別

君回洛陽時
請說我仍愛飲酒，仍
夜覆青山而眠
仍浮舟於江上
聽一波淺浪推出殘月的江聲

一九七七年作，刊於《青年世紀》

水曜日

水曜日的黃昏
我來北邊飲酒
酒是微酡的海水釀的
南邊有雨

夜要張開她的一千隻眼睛
夜要把我寫詩的右手吞去
然後按著掌紋擺佈那些
瘦弱的星子

唉我如何能再為妳於紙上舞出新姿呢？
夜。

傳說
水曜日的黃昏
有人來北崖問天
天不語
第二日他焚身下躍
燃燒成冰海裡一尾啞口的魚

一九七七年作，刊於《青年世紀》

眼睛

不下雨的晚上
星子們自成羅列
混合著繽紛的幻想及遐思的
妳閃爍的眼睛
也想從南方升起

一九七七年作，刊於《青年世紀》

鄉音

習慣了
披著單薄的背影踟躕過街心
這午夜，就不再那麼孤寂了
但為什麼　自遠遠遠遠的轉角走來
會是踽踽獨行的鄉音呢？

一九七七年作，刊於《青年世紀》

呢大衣

喜歡穿父親的呢大衣
三十年的愛和鄉愁
口袋中有閩江水的餘溫有故鄉土的芳香
雙手放置其中
很溫暖

很溫暖，父親的呢大衣
即使夜晚
也能穿著指認星圖涉水歸來
如果清晨，緩緩靠船在彼岸
那些濃濃的鄉音必會說：

「咦！怎麼多年前離去的，那少年
又青髮的歸來？」

一九七八年作，刊於《青年世紀》

臨海印象

駛出黃昏外的海輪還沒有回來
港灣焦急地頻頻向海水探問消息
而靜靜被捕獲在小漁村的網罟裡的
是一枚新滴的落日

一九七八年作，刊於《青年世紀》

春

一株花就將春天
舉起

所以滿城的草都喧呶著要分點花的顏色
說那樣才能繼續談
她們的羅曼史
所以許多貓躺在街的碎紅裙子邊
揉些雲玩
並且偶爾微笑
所以我在夜晚偷偷登高
想把我的長臉
釘成一顆方方的美星子

一不小心，卻摔成扁扁的
第二個月球
所以小河領著一隊隊歌手到上游迎親
山就把整谷的綠
嫁了過來
所以一匹狗子向櫻花樹根
掘牠去冬收藏的骨頭
竟然挖出一條
春天的尾巴

一九七八年作，刊於《青年世紀》

瘋子
——給十八歲的生日

去年的亂葬崗埋葬我驕矜的名字
我的額角常被星斗擊傷

初春時
輾過億兆靈魂的車聲
輾斃我的右耳
滲滿霓虹燈的詭異月光
則將雙眼射殺
而剩下的笑容啊！
卻早早於一個輝煌的星夜
送給了一名叫做

「秋」的女子
（輕輕思量
那美麗的孤獨
曾運行在我四季的軌道上）

不要把憐憫的聲音擲向我
我不是赫克力或普羅米修斯
我的散髮不喜歡糾結悲劇
我只喜歡在破衣襟邊
七橫八豎
插許多香香的小野花

什麼？先生！你問我住哪兒？
（我怎麼知道呀！）
有時在閣樓煮幾卷爛破的詩詞充饑
有時到河邊拾楊柳葉夾著河風裹腹

（我只敢在大白天裡
偷偷地想）

先生！我實在不知自己的姓名住址
只曉得日落時
我是一隻屋脊上的貓
謹慎地舔食每一家的黃昏
然後冷冷注視
那驚恐獨行的夜歸人

一九七八年作，刊於《青年世紀》

神奇的夜
——給星弟

將你的眼睛睜開來，星星
這已是最美麗的夏夜

長鬍子的老魔術師在林間睡著了
兇惡的大火龍在河邊睡著了
還有小公主和小小公主
都在你柔和的星光中
睡著了

快快醒來，我的小星子
你是最神奇的阿拉丁

蓓蕾們羞紅著小臉輕喚你
：「給我一件晶瑩的衣裳，我要辦嫁妝」
胖胖的鵝卵石嚷嚷著要一件寶石藍的
還有小河和小小河
都要你把燦爛的星光
織成她們赴宴的衣裳

快快醒來呀！我的小星子
快快循環入這個神奇的夜
你是山中的星星

一九七八年作，刊於《青年世紀》

秋水

（第幾度蘆花摧折的聲音是妳沿河尋來？）

當我焚稿，在寒了一整個秋天的上游
寂寥地和我的靈魂交錯於風中的
只是一首
悽惻含韻的小詩

且待河水吟哦
吟哦至更寒冷的下游處
說我早年為妳縱情詩酒　為妳
暗暗憔悴於寂寞的古典

（來是空言
去絕蹤）
（第幾度蘆花摧折的聲音是妳沿河尋來？）

我緩緩走向蘆葦
惦念著惦念著
或許會有一雙彩鳳飛翼
正衰微的隱藏其後
卻見到眾白石粒粒朽於曠野
似乎嘲弄我的逃情即是
前赴深山裡去
一回回學仙

（第幾度蘆花摧折的聲音，是妳
沿河尋來？）

來時
髮已早白

一九七八年作，刊於《青年世紀》
一九七九年刊於東海校刊《槳》
一九八〇年收入《大地詩選》

卷二

律詩

起首是些河的羞赧
無意間　被陽光
推出
一下兒整張紙就渲染著
妳酡紅的微笑。
這是春天

我穿過田畦
奔跑到妳清淺的面龐
垂釣叮叮的語聲
櫻花樹在風中；竊竊交換手勢

愛　如鱒魚
呼吸著甜美的最初

然後一隊雁子便整冠降落
在第三句，需要開始對仗的地方
我遂苦苦推敲
是該迎來那尊貴的水仙
前來這暴雨沖刷的絹帛上
為妳吟詠？
或是就讓亂髮糾結的我
赤裸披附女蘿，高聲的
對妳朗誦？
這是夏天

是漸寬的衣帶上
墨跡未乾的哀艷

妳正踏著兩句寂寥的蟬聲遠離
我正推窗　一陣凝重山色湧入眉間

待我決定呼喚妳時，卻發現
已近結尾，竟是
最不堪轉折的秋天。
我試圖揀一些淡泊的語辭
如略帶木質的
菊花之類
來解釋，這一切不過是
秋日的幻影，不過是
少年的泛情和憂愁
而一陣陣含有情意的韻律
卻依舊在我胸中
平平仄仄·平平仄的
春去秋來地起伏

哎！無法轉折，無法
不孤獨

直到一株聖誕紅躲在教堂後　爆笑
每一片炸裂的花瓣上都傾灑下
妳叮叮的語聲
我仍不能相信
這已是眾神甦醒的冬日
千山萬山高舉陽光歸來
妳穿過田畦，奔跑向我
雙眼滿植著愛

一如完美的當初

一九八〇年作

一九八一年獲第一屆全國學生文學獎大專新詩組首獎

第六屆東海文藝創作獎第二名（首獎從缺）

刊於《中央日報》、《明道文藝》、東海校刊《槳》

收入《天下詩選》《簇新的桂冠》選集

海上書

全是同樣單調的紀事：

落日自焚於左舷
海鳥驚白羽翼於甲板
焦躁的海浪不時喧嘩
要叛變

誰來為你點一盞微溫的笑呢？
當夜解纜，一陣寒涼的情緒
從海面襲來
你小聲咳嗽，假裝不知

有星子跌落在早衰的肩胛
假裝你鹹鹹的濕髮裡
養殖的　仍是歡愉
而不是寂寞

「連愛，都已是風乾的了」
有人在艙底
憤懣地説
如此不堪航行的夜
即使順風，黎明前
我們仍然無法覓得港灣
停泊。
甚至海島哪！

也重覆同樣單調的紀事：

畏寒的枝柯驚恐霜降
落日自焚於山谷
頂多加上焦躁的你
行走在幽怨的草木間
不時對一葉葉已寒涼的笑

怔忡

一九八一年作，刊於東海校刊《葉》

大肚山

凝望於時間外
一張上升的臉孔
額停星月，口泊
古漢唐之舊夢

大肚也者，離散之天地
盡所包容

而我們喜歡來你的髮間飲酒
輕聲談論，七里外
模糊的花香
彷彿是碑林中

戰兢臨寫的三京士子
一人搨下汗墨斑斑的
桓靈遺事，一人帖上
赫然奔騰
匈奴和西羌的殺伐
我則終於辨認出
你淚血涔涔的忠臣史
（你是漫滅過
和傾頹過的月光
是忽隱又忽現的
長安和洛陽）

我們真真喜歡飲酒
在你的髮間，輕聲誦讀
不可解說的山林意象
彷彿是烽火催迫的

丹心士子
我們為你堅守
最後一城池古典
當時光含淚消沒
我們仍與你共存留
一寬容之大肚

大肚也者，離散之天地
盡回腹中

一九八一年作，刊於《聯副》、《東海文藝》季刊

智達魯

——花蓮印象之一

蒼涼的魔咒低誦在石板的部落
雲從山巔走下來呼喚你
雲從被野棘黥過面的
卡瓦瀾溪走下來
呼喚你

智達魯，你的獵刀呢？

當春天
被穿著葛布的婦女

一把一把採摘入
盛山芋的背簍
溪水的肌膚
曬成和鯉魚一樣
健康亮麗的膚色
所有柔軟的唇
都從森林裡奔跑出來
呼喚你

智達魯，你的獵刀呢？

而只有海洋應誦山中的魔咒
年輕的智達魯
站在高高的鷹架上
把山豬的蹄印
塗成一灘死透的冷泥

把野狸的氣息
拋給流著涎水的道路
把大山神傳下的狩獵歌
一鎚一鎚　深深的
釘入刺眼的洋鐵皮中
（多想躍出去
飛成一隻雄武的鷹啊！）

當春天
被族中年老的婦女
織染成
一匹一匹暗綠色的葛布
年輕的智達魯
越過了卡瓦瀾溪
再也聽不到

枯瘦的圖騰
躲在暗室中枯泣

一九八一年作，刊於《東海雙週刊》
一九八二年刊於《聯副》

夏雨

一

而妳竟越過
這無人越過的夏日沼澤
冒充一場驟雨
洗亮幽怨的蕉林
低聲叩問：「我
我能進來喝一杯熱茶嗎？」

彼時我正閱讀
紛擾的三國時代

劉備與阿瞞爭立
東風急打赤壁
（好大一場風雨哪！）

妳來自哪一章節
我沒讀熟的朝代
我已不能記起

二

決定謹慎考證妳的臉孔
用客觀的史學方法
分析妳的聲音，為何
隔著窗玻璃，如此微弱
卻清晰
然後迅速做結論

妳是哪一朝
迷路的風雨

而妳是暮夏一場早來的憂鬱
我攤開心中的書卷
努力思索
舊時的樓閣
曾有雕欄，興於水湄
欄邊種植兩棵梧桐
相誓度過
那夜來的風雨。妳是
是無法預測的歷史軌跡

終於瞭解我自己

三

我起身關窗
把淋濕翼翅的蝴蝶
夾在一冊古典詩詞中
我返身坐定
繼續完成
未完成的經史考據（愛情是
文學能容忍的
無定論的辭語）

歲月也是。當妳越過
這無人越過的沼澤地帶
竟然形成一股強烈的熱帶氣旋
我只能抉擇
最初的春秋和等待

不能變成妳。
妳化成長虹
我推窗凝視，窗外
一片被暴雨刷亮的蕉林

一九八二年作，獲第七屆東海文藝獎佳作
刊於《東海雙週刊》

情詩兩首

茶

耐心的
在濕熱多雨的坡地上
抽葉發芽
然後只取最新嫩的
再經幾道繁瑣的
烘焙手續（他們說
這樣才能做出最好的
冠軍茶）

好一盅明秀山水
苦苦孕育的冠軍春茶
入妳口時
清清淡淡
進妳腹裡
甘香溫暖

詩註

請來子夜翻閱
薄薄一本
詩的考據
請來翻開
蟲蠹水漫的扉頁
聽我解釋，愛情
在古典

是如何隱藏在
曲折的辭句內
如果妳不喜閱讀
這煩舊的課業
妳還可點起一根火柴
焚去我泛黃的軀體
讓妳在寒夜
取得片刻溫暖

一九八二年作，刊於《東海雙週刊》

天國幻象

A．英倫

終於有一朵紅玫瑰
在復活節的早晨驚醒
穿著透明絲質晨袍
登上陽台
接受鋼和鐵的歡呼

早安！瑪俐亞！

紐約的股票市場交易正常
柯梅尼號召戰爭遺孀再入戰場

耶穌正站在摩天樓頂端
宣傳教義

午安！瑪俐亞！
到子夜，我們會到紅磨坊
以多汁的肉體
為妳鄭重宣戰，雖然
我們還沒學會
如何在陌生的海上
作愛

晚安！瑪俐亞！

B・福克蘭

「阿根廷那！
請別為我哭泣」

昨晚我夢見
藍鯨和海豹哭瞎了雙眼
爬上鮮血凝成的冰洲
時間在遠方掀起暴亂。然而

請別為我哭泣
阿根廷那！

當天國被擊沉於冰冷的水域
地獄被幻象式拉得更近
哪一章哪一節

曾教導我們同時選擇
愛和死亡？
哪一種聲音？
阿根廷那！

一九八二年作，刊於《東海雙週刊》
一九八三年刊於《創世紀詩雜誌》

一九八二

在一九八二
我們互相傳遞
成年的憂傷

我們開始學會睡前飲酒
把晚報攤開，看幾則
流行國際的
美式童話，然後將憤怒
安撫在枕頭下。在

一九八二，我們清晨拉開
世界的窗簾，極目凝望
宇宙的屋頂

哪一端雲霓後
垂掛著久違了的耶穌？

（不要落槍彈的淚雨）
當我們眾聲祈禱，而祢俯視
於地球的上空
不要將麵餅沾著鹽一樣鹹的血
沿福克蘭到中東
灑下。

因為這是一九八二

我們為愛饑餓
卻習慣於酒後
為無緣由的解答
憂傷

一九八二年作，刊於《東海文藝》季刊

江水又東

江水又東，出青海入康滇
暴穿渾沌未闢之上古諸山
好一片離離蔚蔚之
春秋景象。
西面一水無道無常清悠來注
東面一水摩頂放踵
歷千難來會
最終見一人立於江面
捋袖疾推江水向前奔流
：「去！逝者如斯矣不舍晝夜！」

江水又東，以浩然之勢過岷山進邛崍
先是數萬黑服男子，掘出北山大岩

混凝了眼淚和血，建造一道
緜長的城廓
繼而一荊楚少年，叮叮伐下南山大木
率三千子弟
自江東呼嘯而來
如此仍不能阻擋眾水
齊向四川共匯，天府之名
仍歸漢家。
呵所謂圍城牧馬
留給戍邊的霜雪去追殺
也罷！

江水又東，顫慄流經
冷汗涔涔之
巴東三峽。拉縴者的歌聲拉不醒
江石的夢魘

三分一場功過
如今留給哪一陣波濤
和悲悽的猿聲爭辯？不回首
不能回首哪兩岸是
一回首就成昨日的
青山

江水又東，以礴磅之姿入肥美之
兩湖地帶。「玄武門之變後
請犁平雜糧和水稻的分野
在日出，來此洞庭湖邊墾植胡語
繁衍西域來之番果，日落
荷鋤歸息
大唐天可汗
至此，已不輕言征伐。」

江水又東，潺緩流入
崎嶇錯雜之
皖南丘陵。山之陰有淮水
挾北地的胡笳和金革
冷眼與之相對
山之陽眾江水齊齊掩面
湧入士子的筋脈中痛哭
：多少忠臣血淚
如今晝夜洗滌多少
多少勝國衣冠

江水又東，轟轟然沖積一片
新生三角洲。出海處
有人推倒厚重的經書
狠狠砸傷江的脊背
有人含淚揹起

傷痕纍纍的兩岸，蹣跚
走回源流處。江水
又東

東向海洋
或是西潮的彼岸？
蒼茫中，時光從八方
傳來陣陣聲響

：「你何時　何時與我
共眠成永恆的海洋？」

一九八二年作，獲耕莘文藝獎詩組首獎
刊於《幼獅文藝》、《東海雙週刊》

秋之面容有五

雲

假設你沿著流血的楓的眼神往上爬
一面爬一面回頭落淚
劇烈咳嗽
到頂端你發現自己竟咳得
身輕如紙，臉白如
撲粉的小生呀你悔恨
未早早葬入
黛玉的花中

月

苦就苦在
雲把天
推得太高
地又被山
壓得太低
所以無論陰晴悲歡你總難
圓滿對江水
自照

雨

總要經過夏日暴烈的焚燒你才肯化成灰化成
萬劫不復的
雪

而江流想說些什麼？
礁石咬碎了誓言
雲朵想說些什麼？
那人的面容已淡成飛煙
唯獨你
緊緊拉住江
滴滴化成淚
什麼也不說

風

草都知道
何者為最速捷之拔刀姿勢
例如與歲月對決一事
當霜雪進犯鬢角
衰老在山門叫陣

快快出刀方是要事
至於跪地投降
萬萬不可！

喂喂放馬過來
看誰刀寒氣冷
有形無蹤！

山

見到自己又未曾相識自己
脫下綠的肌膚卻又換上
黃的毛髮
溪流者
輪迴裡絞不乾的時間

時間者
沒有鑰匙的門軀殼進進出出

喏！春日無門
夏日無門
冬日亦無門。唯有一窗
伸手自塵土中
拔出萬相的峰影

「你是秋」

一九八二年作，刊於《東海雙週刊》
一九八三年刊於《創世紀詩雜誌》

都是美麗的

陽光已走入稻田
寶寶，他們在曬穀場上
用稻梗卜算
雨季的來臨
灰鴿子聚在阿公的厝邊
嘀嘀咕咕唱：
「檳榔花！檳榔花！」

沒有人在意三月的花
究竟開不開
河水吹著口哨
繞過土地公廟

又從弟弟的腳趾縫
悠閑地流了回來
楊柳依舊以髮稍測量
水溫和吳郭魚的游向
天空依舊
被活水洗得
藍又藍

都是美麗的
寶寶，當他們把鹹的汗
種入土裡
土就為他們長出
綠色的風景和
甜的稻米
這是阿爸和阿公
都知道的

因為這是美麗的庄腳
是妳的家鄉

一九八三年作，刊於《東海雙週刊》

人物素描二

歌舞女郎

每夜我從光的廢墟中站起
用刀刮響骨骼
用半邊臉與你談哲學
和憂鬱

你卻不欣喜
如此晦暗的距離
你寧願從頭到腳吞食我
以一雙饑渴的眼睛

街頭傳教士

在這下沉的國度裡
你的名字發霉、潮濕
你信任說謊話的木偶
你是一粒
未長成便夭折的麥子

所以你必須信仰贖罪的告誡和
永生的福音
雖然在晶冷的擴音器後
我是一名說國語的外邦人

一九八三年作，刊於《創世紀詩雜誌》

讀史

我們起先以為這是一回
陳舊話本，速讀幾座
通俗的山和水
輪番複印幾場
銅質或鐵質的戰爭
再穿插數名英雄如你我者
這就是五千歲，僅僅五度
春和秋

愈讀就愈心驚，尤其在燈下
兩眼如火中焚烤
一翻頁一人獨步跨出時間的門

振筆斷書遠古為秋
未來為春
一翻頁金戈鐵馬兵臨書緣
迎面射來萬支毒箭（天時墜兮
威靈怒）一翻頁
六國詰曲的象形山河
竟轟轟然崩歸為
大一統。愈讀

就愈辨識自己的最初
尤其在
巨細靡遺的燈下，兩眼是
戍邊的漢月苦苦
每一眼　都欲
破　紙　而　出

（還給你山的容貌

還給你河的聲音
還給你
被鼓聲揉碎的
髮膚）

若非三分，誰能灰飛煙滅
千種風流？

誰領千種風流？
當烈焰鞭打志節
烽火烤問詩書
是誰站在細懸青史的絲繩上
回首一呼：
「有我！」

愈讀　愈欣喜在光亮中
與自己相逢，尤其在

忍受一己孤獨的燈下
掌中有
大片江山永不孤獨。
　君不見
隴西帝子弓摧虎
紫騮鞍上繫玉壺
儒冠鑾貊皆平交
五嶽金鸞獨笑傲

愈讀　愈不忍卒聽
汴梁的水聲柔弱，尤其在
凝視自己良久的燈下，我是
南流的水　淒淒
慘慘淒淒愈流
愈無法尋覓
舊漢唐宮闕冷　冷　清　清

不如託一句秋聲或雁啼
載華髮早生的我
夢中過揚州

唉胡馬悲嘶入燈下
長髮不眠青又青
去去成吉思汗
滿地踏碎的長城是骨牌
凡桀傲的城堞
都讓它
飽受不安
而我驚恐奔於刀緣
試圖對落日
做臨刑的呼救

不死的是我，當淚水
殘喘越過江澤，終於有人
把我的哭聲接住
並回到龜裂的眼眶旁
升起烈火

愈讀　卻將眉批
錯讀成八道
朱色的枷鎖
　：帝出鳳陽
　子化龍入江，舉臂，推海
　海因而大明
　倭蟻懼
　北犬起
　匪宦亂太廟

帝崩山。龍潛
入南海[註]。

愈讀　胸中竟湧出
一片濁浪，滌也滌不
清。
第一波傳來長江被髮辮
絞殺的聲音
第二波傳來
骨骼在文字中碎裂的聲音
第三波是疆土被條約淩遲
第四波　第四波竟是
你跟我
被敵人生生撕下面皮
（我那艱苦懷胎的母親呢？）

我呢？
愈讀　就讀出一座
似幻似實的殿堂
尤其在
黑暗與黎明對坐的子夜
一手翻著
柔如國土的書頁
另一手還握著
割膚的月光
（歷史是
一種曲折的回應和
挑戰）教授說

尤其在風寒露重的子夜
我們唯一的課業是
先把消蝕的山河

從淚眼中取出
然後放在燈下
細心地

烤乾

註：明太祖起於今安徽鳳陽，子成祖在位時鄭和下西洋，海威因而大盛。太祖定科舉以八股取士，箝制士子思想甚鉅。

一九八三年作，獲第八屆東海文藝創作獎首獎
刊於《創世紀詩雜誌》、《東海雙週刊》
收入《創世紀詩選》

卷三

錦瑟

最終總是
我手提公事包
穿戴好臉譜，趕搭
擁擠的早班公車
繼續閱讀
昨天的廣告和謊言
偶爾，偶爾佇立於
光潔的櫥窗前
驀然驚視一朵浮雲
蕭蕭自瞳中掠過
那是我（是我）

霓虹燈管中，一隻畫眉
嘶聲為狼嗥

想必妳有一架電視機
進行七彩迷離的
愛情悲喜劇。一部
裝鑰匙的電話
嘀鈴鈴拷貝
菜單和閒話
假如妳
嫁作商人婦
更加上一幢
精緻的鴿籠
填詞磨硯的手轉塗
蔻丹，李清照
消瘦於昨晚的

連續劇擂台。總是
總是無法連續的

最初
假如我倆
竟偶然在黃昏的街道相逢
妳將察覺
那曾瘦如浮雲的我
唉寧願長成路旁
一棵無語的樹

一九八三年作，刊於《東海雙週刊》
一九八四年刊於《自立副刊》

鏡子AB式
——軍旅系列一

A式

看著我
每晚睡前
努力擠壓燒炙過的六呎身軀
成一微小子彈
膚冷如鋼
火藥滿腹
出現於妳妝鏡

（魔鏡魔鏡，平滑一面
雙生的臍帶
誰是被你分割的連體嬰？）

鏡裡流血
鏡外流淚
鏡裡一張漆黑的臉失眠於槍膛
鏡外悄然扣下燈火的扳機

B式

看著妳
每日清晨
踽行在我刮鬍鏡內的
小方世界
如此侷促迷離

覓食不易的街衢
我忍眼見妳
縮小成萬分之一的螞蟻
（魔鏡魔鏡，平滑一面
雙生的臍帶
誰是被你分割的連體嬰？）

一把鋒刃
刮去兩面的青春
一種步履
走出兩個遙遠的路程

一九八三年作，
一九八四年刊於《創世紀詩雜誌》

鴿子

——軍旅系列二

沉默的鴿子
滿懷心事地佇立黃昏的屋簷
偶爾搖首、踱步
凝視灰藍的天空

一名兵士抽著菸走過簷下
左口袋珍藏汗漬模糊的
女友照片
右口袋放著
拮据的薪餉

我躺在遠遠的草地
等待那鴿子的到來
或許在遠方
也有人在靜默等待

一九八三年作
一九八四年刊於《創世紀詩雜誌》

獵海者

在海上，鏈索是
鐵的淚痕

六月初九，熱帶氣旋
自呂宋前來東港避暑
一尾尾被珊瑚黥面的魚
汗流浹背游入
山地女子的茶室，生猛
活海鮮，滲米酒
先小浪後大浪
只待半暝起身，驅趕燈火
去海面展露我桀傲的刺青

一把魚刀白進紅出
猛然劃開海的胸膛！

北緯，二十三點五度
暴風迅速
從手繭的紋路登岸
海鳥悚然飛離
傾折的桅杆
木質的年輪明確顯示
風濕、咳嗽
和極有可能成災的雨量
而我依舊癡愚入網

在海上
鏈索是鐵的淚痕

一九八四年作，刊於《聯合文學》

出谷紀（朗誦詩劇）

讀經：恭讀創世紀第六章

天主見人在地上的罪惡重大，人心天天思念的無非是邪惡，遂後悔在地上造了人，心中總是悲痛。天主於是說：「我要將我所造的人，連人帶野獸、爬蟲和天空的飛鳥，都由地面消滅，因為我後悔造了他們。」

幕後旁述：西元兩千年，核戰爆發，一架巨型太空梭衝破大氣層飛向太空，上面載有科學家摩西，以及數百對來自各種族的青年，男的叫亞當，女的叫夏娃。

第一章　虛空的虛空

天使：（虛空的虛空
　虛空的虛空）
天主：安息日的早晨
　我聽見你自金屬森冷的殿堂內
　逆雲而上的慟哭聲

　七種不同的災異顯示
　凡叩門者，當在其雙腕
　繫予百合的榮耀
　而他們在門外
　用彈片獵取城邦的首級
　用核能和離子分析
　風乾春日的溪流
　並以一只燒杯

檢驗真理的可燃性和亮度。
世界
燈熄的時候，我聽見你
蜷伏在冰冷的砲管中
在重金屬合成的地球內心
低聲懇訴

眾：（上主求祢垂憐！）
天主：妖嬈的祭司
行走於我的長廊
長袍繡滿肉慾，一種喘息
煮熟在她饑渴的蛇腹
眾：作愛！
天主：我聽見
大廈和大廈在雲端上
交媾，空洞的屍體
死透的核戰紀念碑

鏤刻著多少靈魂的悲痛和
存在的不安
我兒！
我該從哪一只酒爵中升起
去教你重新辨別淚中的鹽
血中的海？

來！來青空裡
來！刈去你眼底的冥夜與憂慮
你體內有我種植的生命的樹
我將給你自有，讓你信仰
教你愛。

第二章　他們不識祢的名姓

摩西：他們不識祢的名姓，父親！
　第一日祢的聲音在水上行走
　混沌受祢審視
　我的瞳中
　便有了晝夜的姿態和光
眾：（什麼樣的靈魂在霓虹燈中有光潔的側影？）
摩西：第二日祢步出廣場
　分割水的喧嘩
　我們便有一個
　可供仰泳的蒼穹
眾：（什麼樣的靈魂能以意志雕刻肌膚？）
摩西：第三日祢區別了
　陸地和海洋，將青草和果實
　灑下，我們便日日穿戴青綠

出入於祢的殿堂
眾：（什麼樣的靈魂髮間編織著綠色與海洋？）
摩西：第四日祢取下燭火與流蘇
懸掛黑夜的錦緞上
我們便有了
銀河與星宿
眾：（什麼樣的靈魂能遠離天空的田畝？）
摩西：第五日祢呵氣成鳥，落塵為魚
高空和湖泊
便有了鱗翅游動
眾：（什麼樣的靈魂能繫以一毫羽舟泅泳？）
摩西：第六日祢造了男與女
我們便有了可讚美的
眾：擁擠的靈魂啊！
第七日
安息日的早晨，父親！

我們在塑膠盤中舔食
科幻的夢魘
單細胞與微生物，我們是
焦躁的土壤
鋪在薄薄的地獄表皮
父親！我們生活如死
不識祢的名姓！

第三章　試管生的

亞當：析離了智慧的元素
　　我們是試管生的
眾亞當：（試管生的）
亞當：如此透明的子宮
　　折射千種瑰麗的家譜
眾亞當：（試管生的）

亞當：紅色屬科學
　綠色屬神話，我們
　穿過生命的繁街
　在實驗室與手術檯上
　在公園和花市間
　恲然設立一乾淨之命題
　涵蓋智慧
　卻不合乎邏輯
摩西：（取你的名叫亞當
　因你的臉
　拓印了上主的形象）
亞當：世間為何高矗著憂鬱呢？長老
　鍵鈕和電算機
　豈非可將死亡的模式
　塞入抽屜？

天國的鐵門，豈非可用
　符號開啟？
眾亞當：將語言投入郵筒
　鄉愁夾進信箋
　我們是試管生的
　絕緣於生命的速率
夏娃：譬如一顆泡沫
　鐘鳴時，他們把我從酸鹼液中
　慵懶扶起
　美的原子
　難以裂解的青春
　他們在我的體膚上
　刺繡了山的典雅
　「女神一般！」他們說
　當我跣足行經綠地
　花朵必悄然愧退

而我聽不見青草的聲音。
輻射塵中
瞎眼的白鴿飛去又飛回
變形的蚊蚋
在子夜的鄰街
嘶喊出狼嗥
春天，春天是
博物館裡的標本
還是磁碟唱片上
一種古代的聲音？
眾夏娃：一具包裝精美的展示品
在櫥窗外被判以流刑
我們是試管生的
什麼是美麗與生命？

第四章　看祂乘星雲而降

眾天使：哈利路亞！
　齊聲頌揚主！

看祂乘星雲而降
腰纏時間之繩
手持照善惡的七盞金燈
面如烈陽，腳似光銅
聲音巨大如洪水，口中吐出
利劍的雙鋒
祂是為審判而來的

哈利路亞！

祂以冰河砍伐那些邪淫的城市
以荊棘絞殺那些披蛇鱗的
撒旦的骨骼
祂就光芒從瞳仁撤離
屋舍澆淋人類的苦雨
凡該咀咒的
祂都以毒火燒炙他們的身軀

而叩門者，當在其雙腕
繫予百合的光輝
來！來青空中
來！刈去你眼底的冥夜和憂慮
你將有七個光年的旅行
而心培養體內的生命的樹
學習思考自有、信仰
和愛。

第五章　虛空的虛空

摩西：安息日的早晨
　　我再度匍匐祢的殿堂
　　七個光年，七種
　　輪迴與考驗
　　父親！我的靈魂依然無法覓得
　　祢應允的國度棲宿
亞當：（長老！我們降落在一個綠色的星球）
夏娃：清晰的畫夜，寧靜的蒼穹
　　恆常的星宿和
　　潔淨的海
摩西：父親！這竟是我們最初的地球？
眾天使：虛空的虛空！
　　虛空的虛空！

天主：第一誡　除我以外，不可崇拜其他的神
　　第二誡　不可雕刻或侍奉偶像
　　第三誡　不可妄呼我的名
　　第四誡　當信守安息日
　　第五誡　當孝敬父母
　　第六誡　不可殺人
　　第七誡　不可姦淫
　　第八誡　不可偷盜
　　第九誡　不可做偽證
　　第十誡　不可貪戀他人妻
　　我是阿耳法，我是奧默加
　　你的上主，自元始到最終！
眾：　頌揚主！
　　哈利路亞！
天使：（虛空的虛空）
眾：　哈利路亞！

天使：（虛空的虛空）
眾：　哈利路亞！
天使：（虛空的虛空）
……
……

一九八四年作
獲《中外文學》現代詩獎優等獎
刊於《中外文學》、《創世紀詩雜誌》

卷四

樓頂

終於我也習慣
自虐地坐在樓頂
面對滿城燈火的輝煌
看對街窗簾的顏色
隨季節的交替而變化
隔鄰陽台
飄來幾聲含有歎息的
梔子花香

是的我已習慣
一人獨坐這世界的天井
安靜，而且寬容地

任瞬息的生命
流入燈火的彼岸
晝夜在眼瞼下
闔起又張開
歲月
歲月逐漸在額頭角化

而我並非唯一擁抱這寒冷

一九八五年作，刊於《聯合文學》

下午

無聊的單身作家離開辦公室
去樹窗槍擊一具裸體模特兒
年輕的反對者跨越安全島
蓄意將他的名字謀殺
禿頂的廣告代理商
喝下一杯麥斯威爾咖啡

而這些純然與今晨的新聞事件無關
利比亞、核能外洩、油價及其他

都市的下午
僵固的浪緩緩地流動著

一九八六年作，刊於《創世紀詩雜誌》
收入爾雅《小詩選讀》

羈旅

幾片落葉
寫著你來時的悲歡離合
一把雨刷
又把所有通往記憶的道路抹去
紛遝的夢啊
要不要在未來的旅程堆積？
有時藏入自己的行囊
有時尾隨別人的背影遠離
畏寒的雙眼，天涼時
是否也該添加一件風衣？

一九八七年作，刊於《我們的雜誌》

岸與湖

欲抽身離去
軀體卻如連體嬰般互相依附
再俯身而看
面容仍被禁錮在藍色的牢房
既然誰也不願承認
佔領對方心的領土
不如趁黑夜
借一把月光的裁紙刀
把這甜蜜的封鎖分割

一九八七年作，刊於《我們的雜誌》

相

「走了」
說完這話
夏就脫去皮囊
在原地留下一具冷冷的秋

一九八七年作，刊於《我們的雜誌》

偈

是還沒來還是已經走了
是將要發生還是已全然結束
是曾經一群人還是一雙孤寂的眼神
是這個地方還是其他地方

每個下午，夕陽的殘燼
把沉澱的歲月煨得微溫
我也一聲又一聲地誦問：
「是你的過去還是我啟程的最初？」

一九八七年作，刊於《我們的雜誌》

流變

你終於來了
半世紀之後
芳草仍是你的
重門與危牆
也如昔時所見
衰老的夢，和信誓
亦不曾飛翔遠去

（但風告訴你：
趕不及赴約的是時間）

一九八七年作，刊於《我們的雜誌》

癡

——妄緣起，都癡

整個夏天
他就坐在山裡憂鬱著
芒草會變成融化的雪花
雪花會蒸發成不可觸及的白雲
而雲，是一出山岫
便無心的了。
這意念也困擾著我
就像芒草，纏繞著山谷
整個夏天

一九八七年作，刊於《我們的雜誌》

不動

行到水窮
足印已在水中逐漸淡去
青石已出
結局卻仍留在上游尚未完成
而他打遠方來
不憂，不喜
只以淡淡的容顏
垂釣溪邊的楓紅

一九八七年作，刊於《我們的雜誌》

不知

不知為何如此
認真的，把妳寫入記事曆裡
寫妳的憂愁、壞脾氣的樣子
和偶爾泛起的皺紋……
都細心摺疊起來

也許是前世都已註定
一條不知名的河流
無原由的
散步過左心房

一九八七年作，刊於《我們的雜誌》

對答

假如妳給我一個
繁麗卻撲朔迷離的園子
我也把愛
藏在一個隱密的地方

一九八七年作，刊於《我們的雜誌》

日暖

「因為相遇了
便有了很好的因緣」
就寢前，葉子輕輕地
對苔痕滿佈的眠牀說。

一九八七年作，刊於《我們的雜誌》

秘密的愛

午後一場大雨，十年後
妳終於轉過身來
說：「我瞭解你的愛了」

彼時學生在街頭
正鼓譟，並發酵成一群
木棉花學派的革命分子
一隻螞蟻，爬進胡蘿蔔汁裡
沉浸於甜蜜的表面張力
世界就這麼不好也不壞的
繼續發胖、咳嗽
背叛昨天的形象

「我也瞭解妳的愛了」
並且迅速分解
妳嶄新的戒指、妳的菸癮
和復古的無政府主義
槍擊要犯伏法
房價狂飆
清晨吃燒餅掉兩粒芝麻

「如同地球負荷了過重的愛和錯誤」
哎午後一場大雨，十年後
有人不撐傘
便出了遠門

一九八九年作，刊於《聯副》

五行詩

胎藏

按定義，你應該是一尾原生的草履蟲
而你，卻自行混合了水、空氣和土壤
不待我把時間絞乾
你已是風
是火

新酒

摺疊在相簿裡，許多年
的影子，秋涼時
竟按了電鈴，從陰暗的底樓，拾級而上
慢慢偎近吧！我的記憶！這酒
燒喉的是獨酌的冷

公民甲

每到納稅季節
他就蜷縮在薄薄的方盒子裡，不停吐絲
吐呀吐，嘔出肝、心、腸、肺
直到自己輕成
一粒昨天的微塵

冰

妳曾說過的話，如今
統統凝固在我的製冰盒裡
一格是癡，一格是嗔，其他
不分寒暑懸浮於杯中的
則是稀釋的人生

一九九七年作，刊於《聯副》
收入爾雅《年度詩選》

詩人二帖

詩人甲

一塊碎彈片，落在腦頁深深的壕溝裡
從此，變成半世紀不退役的偏頭痛
醒時，咳出來是詩
睡時，魔幻得直逼鄉愁
少校！你現實的一生
是遠遠超現實的

詩人乙

清晨醒來，坐在搖椅上，認真讀你的詩
孩子們酣睡的
甜美氣息躡腳走近。你的詩
篩打過記憶的窗櫺，也依舊動人清晰。
但晨光升起竟已是暮色
鋪滿枯萎的玫瑰香氣和傷逝的青春
哎你中年的軀體承載的
是比水還輕的少年的靈魂喲！

一九九七年作，刊於《聯副》

塵

僅僅一夜，你的憂傷便亮如白晝
生命是冬日的指環，當你靠近呵氣煨暖
聽到的往往是冰雪在掌紋間融解的迴聲。
一支燭火存在的意義
究竟是微微的體溫還是流淚的背影呢？
這色澤模糊的灰燼地帶，你終於察覺
愛情早衰於臨睡前
言不及義的對談；
歲月也是的，時光未老
卻已分秒陌生。

一九九八年作，刊於《聯副》

午門

誰說所有的恩怨都已歸零入篋了
這肉身砌成的廣場
猶喧嘩著昨日的冷；重門縫隙
也還飄忽
一盞盞憂愁的宮燈。
而我是那飲盡殺頭酒後
仍犯意洶湧的渡海客
在城堞間秘密輪迴
在光影中秘密復生。

一九九八年作，刊於《聯副》

後記　詩是我心中的蠱

因為洛夫老師的鼓勵，決定把多年詩作結集。

這本詩選收錄了一九七五年至一九九八年發表的作品。「卷一」是高中時發表在台北縣（新北市）救國團青年刊物《青年世紀》的詩作。最早的「夜行」是國三所寫，當時詩人管管到我就讀的學校演講，他要聽講的學生試著即席創作，我寫了幾行並不確定是否算是詩的句子，得到他給的「請坐月亮請坐」散文集獎勵。

到了高中，開始認真研究現代詩，並且瘋狂習作，感謝《青年世紀》每期刊登我不成熟的練習作品，讓我在獨自的摸索中不覺得那麼孤寂。

「卷二」是東海大學四年的作品。能到大肚山的東海大學求學，是畢生之幸，對我來說，東海靈動的山林是一扇通往意象的大門，空氣中都充滿了詩，想不呼吸也難，「律詩」這首情詩是我上軍訓課時，坐在教室後排，兩節課一氣呵成寫完，其他詩作也多為課堂出神之作；我不是個用功的學生，不過，四年歷史系無形的薰陶仍開拓了我的視野，並對往後從事新聞行業助益甚深，我在大四時花了很大心力創作「讀史」這首長詩，並把它當做向師長致敬的畢業論文。

「卷三」是在海軍陸戰隊服役時所作。當時的陸戰隊是一個充滿汗與血的叢林世界，除了體能和戰技鍛練，這輩子沒想到卻發生的幾次搏擊都在此階段演練完了，還曾因發表在《創世紀》的作品被保密防諜單位認為暴露太多軍中實況，特別約詢懇談一番。我在左營基地克難的軍吊床和微光下完成「出谷紀」朗誦詩劇，如今想來仍覺得訝異，這或許是終日被人性與獸性糾葛的荊棘鞭打，希望透過對神的告白，得到些微救贖。

「卷四」是退伍後進入職場所作。這些年來，所得不多，且多為短詩，主因是繁忙且具象的新聞領域，確實和詩的私密心靈探索有不小落差，然而，縱使歲月板塊不斷挪移，我知道，詩是我心中一直存在的蟲，因為從少時開始，它就不時潛出，翻攪我的情感和思緒，催促提筆。所以，為了惕勵對詩未曾稍忘，是該清理昔日作品了，包括一些銘心的記憶。

深深感謝洛夫老師，從我還是學生時即一直關心、督促我，更在百忙中賜序。

謹將這本詩選獻給思念的父親和母親，也給孩子們，你們是我最完美的詩。

二〇一三年七月六日於台北

Do詩人02　PG1058

獵海者
——江中明詩選

作　　者／江中明
責任編輯／黃姣潔
圖文排版／詹凱倫
封面設計／裴玉茹

出版策劃／獨立作家
發 行 人／宋政坤
法律顧問／毛國樑　律師
製作發行／秀威資訊科技股份有限公司
地址：114 台北市內湖區瑞光路76巷65號1樓
電話：+886-2-2796-3638　傳真：+886-2-2796-1377
服務信箱：service@showwe.com.tw
展售門市／國家書店【松江門市】
地址：104 台北市中山區松江路209號1樓
電話：+886-2-2518-0207　傳真：+886-2-2518-0778
網路訂購／秀威網路書店：https://store.showwe.tw
國家網路書店：https://www.govbooks.com.tw

出版日期／2013年10月　BOD一版　**定價**／260元

|獨立|作家|
Independent Author
寫自己的故事，唱自己的歌

獵海者：江中明詩選 / 江中明著. -- 一版. -- 臺北市：
獨立作家, 2013.10
面； 公分. -- (Do詩人 ; 2) (語言文學類; PG1058)
BOD版
ISBN 978-986-89853-6-0 (平裝)

851.486 102017064

國家圖書館出版品預行編目

讀者回函卡

感謝您購買本書，為提升服務品質，請填妥以下資料，將讀者回函卡直接寄回或傳真本公司，收到您的寶貴意見後，我們會收藏記錄及檢討，謝謝！

如您需要了解本公司最新出版書目、購書優惠或企劃活動，歡迎您上網查詢或下載相關資料：http:// www.showwe.com.tw

您購買的書名：________________________________

出生日期：________年________月________日

學歷：□高中(含)以下　□大專　□研究所(含)以上

職業：□製造業　□金融業　□資訊業　□軍警　□傳播業　□自由業

□服務業　□公務員　□教職　□學生　□家管　□其它_____

購書地點：□網路書店　□實體書店　□書展　□郵購　□贈閱　□其他

您從何得知本書的消息？

□網路書店　□實體書店　□網路搜尋　□電子報　□書訊　□雜誌

□傳播媒體　□親友推薦　□網站推薦　□部落格　□其他__________

您對本書的評價：（請填代號　1.非常滿意　2.滿意　3.尚可　4.再改進）

封面設計____　版面編排____　內容____　文／譯筆____　價格____

讀完書後您覺得：

□很有收穫　□有收穫　□收穫不多　□沒收穫

對我們的建議：________________________________

____

____

____

請貼
郵票

11466
台北市內湖區瑞光路 76 巷 65 號 1 樓
獨立作家讀者服務部 收

（請沿線對折寄回，謝謝！）

姓　　名：____________　年齡：______　性別：□女　□男

郵遞區號：□□□□□

地　　址：____________________

聯絡電話：(日) ____________ (夜) ____________

E-mail：____________________